JN194325

束ねられない
おだ じろう詩集
土曜美術社出版販売

詩集　束ねられない＊目次

一章——季のゆらぎ

二章――［沸騰する疑念］それは……

三章――やむにやまれぬ

カバー画／福田加奈子

詩集　束ねられない

一章――季のゆらぎ

のろし

何年も放置していた二十坪ほどの庭
乱雑に置き並べていた鉢植えを
隣家との境界フェンスの脇に並べ替え
新緑を競う柿　躑躅（つつじ）　梅など
庭木の隙間の雑草を抜き取り
強（したた）かな腰痛を堪えながら掻き均した
砂混じりの僅かな空き地に

異常な低温下で過ぎ去った秋冬を
枯れ木の相貌で生き残り
白っぽい折れ曲がった針金のような小枝を
編み笠のように張り巡らせている
差し渡し２メートル、背丈１・５メートルの灌木
楓*

時期不相応とも見える
初夏に近い陽光と高温が降り注ぐ中
枯死を跳ね除けて一気に蘇る生気が
尖った枝先や節目から新芽を噴き出した

そのしなやかな絹布に似た新芽は
葉脈に沿って七片（ななひら）に深く裂ける

紫を帯びた暗赤色の密生する葉群れ
気だるい四月の風に揺れ血しぶきを噴き散らし
緩やかな風に煽られ妖しく燃え上がる
春の　のろし

＊　ちりめん楓（カエデ）（タカオもみじの一変種）。「レッド・ドラゴン」の渾名もあるらしい。

一株の草花*

湾曲した背骨が左肩を突上げ
杖を右手に萎えた足腰で散歩する
高い擁壁に沿った団地裏の歩道は
「ほっ」と気が緩むひと刻

家並みが途絶え
街路は間もなく農道へと抜け
田んぼに降り注ぐ陽光が差し込む辺り
歩道に立つ交通標識の脇の

コンクリートの僅かな裂け目に
一株の草花
三叉に分れた茎から枝葉を広げる
小振りな幾つかのピンクの花

それは
今　小学校に上がった女の子が
両のてのひらをぱっと広げ
満面の笑顔で手を振り合図する
その細身で健やかな容姿が
網膜を透して脳裏に蘇る映像は
十六年前の孫娘の姿と一瞬重なる

その孫娘は近く子を産むという

なんと……僕は曽祖父だ

草花の名称は定かでないが
もの怖じしない精気に溢れ
植物など寄せ付けもせぬ
しらけたセメントの罅割れの隙間
僅かな乾いた土から芽吹く草花の
瑞々しい茎の先端に
精一杯の歓声を上げている

二十歳代以後僕は幾つもの内臓を失い
「三十路まではとても……」と
諦めかけていたが　今は
「奇跡か」と思いつつ八十路を彷徨う

老残の僕のしゃがれた喉笛が
「ああ！」と
呻いた

＊ 名称は不詳。

てんとうむし

……まーだ生(いき)とったか……

と　思っていたあの年寄りが
杖をついて県道沿いの歩道を
よちよち歩いている

ブロックレンガで隔てた車道を
ビュンビュン走るクルマが気になるのだろう
ふい　と立ち止まり前後　左右を見回す

なにするか?　と　見ていると
股ぐらのあたりに手をやりもぞもぞ動かす
さぐり当てた一物を抓んで小便を垂れる
その滴りはすぐに止む

ここ二十年　あの男が早足で歩いている姿は
毎日のように見かけたが
最近では珍しくぽかぽか日和の春風に誘われ
久しぶりのお散歩か
「あいつも弱ったな　そろそろお陀仏か」
と　噂されてもいるのだが

じーっと見ていると
滴りを振るい落とそうとして腰を振り

なにごともなかったような顔でまた歩き出した
後ろも横も顧みずに
ぼんやりと前だけを向いて

その跡の濡れた道端の草むらには
クローバやタンポポが元気
黄色いはなびらの間を
赤地の「背の甲」[*]にいくつかの黒い斑点をつけた
てんとうむしが　ひとつ
のんびり這いまわっている

＊　前羽・上羽。

陽光のある日

暮れから続く近来稀なこの寒気も
漸く終わりを告げた陽光のある日

「元気？　ドライヴにでも行かない？」
嫁して二十余年の娘の殊勝な誘いにのり
その車に　つれ　と同乗し高速経由で一時間半
免許証を返納して三年
かつてはマイカーで走ったルート
風景の変貌を実感しながら行く先を告げる

危機に瀕して彷徨う私をさり気なく支えた
青春期以来六十数年の内奥の友
〈M〉は
阪神大震災で妻を失い永らく独り住まい
今年は賀状も電話交信さえも途絶えた
彼の住処は百数十キロの彼方　故郷の隣町

生きてるか……
病で動けぬか……　どうしているか……
それとも《まさか……》ではあるまいか
気はそぞろ

「元気ですか」

肉太な去年の毛筆賀状の〈M〉家の所在地を
娘はナヴィで捉えて車を停めた
偶然出会った隣家のご主人に彼の状況を訊く
「〈M〉さんはこのところ難聴でね……」
私は〈M〉宅の玄関から上がりこみ
『・・・が来たバイ」と大声の筑後弁で
襖越しに呼び掛け中に入る

嗚呼　紛れもなく〈M〉がいる
切断された中足骨部を包帯で包み
寝間着にダウンベストを羽織り
椅子に腰掛けたままに
あの頃と変わらぬ柔和な笑顔があった
私は瞼の膨らみを堪えて彼の掌を摑み

〈M〉も温かく握り返した
変ったのは禿げ上がった頭だけ
私と同様に

六月の冷たい夜のひとときに

東へ一千余キロの関東に住む息子が
嫁さん同伴で一年半年振りに帰省した

「体調はどうだ?」と訊くと「ふつう」……
「職場の雰囲気や仕事はどうだ?」と訊くと「ふつう」……
まるでしゃべるのは「面倒くさいよ」と言った風情
夕方山賊鍋*で会食したのに夜中ごろ
「ラーメン食いたい」とつぶやき
嫁さんともども近くのラーメン店へ出かける

翌朝　発ち際
オレに握らせた紙包みには
ひらがなで「ありがと」と書いてある
中にはこれも折り畳んだ万札一枚
……明日は「父の日」だそうだ……

とはいえ　いくら遠くにいるからといっても
久しぶりの帰省で近況を自分の口でしゃべらぬ
五十一歳の息子への歯がゆさ

それに加えて近くに住む五十三歳の娘は
「あたしおばあちゃんになったの……」と　得意げ
なんだ？　このオレを曽祖父（ひいじい）にしたということか

六月の冷たい夜のひとときを苛立つ
病だらけの八十路を辿る
惚けオヤジ

＊　近所の大衆料亭。

肌寒い七月

梅雨だから降り続くのは当たり前だが
すでに七月半ばの真夏
普通なら半袖シャツに短パンが当たり前

けれども
今年の夏は梅雨入りがいつだったたか
梅雨明けはいつなのか未だに曖昧　と言うのは
あながち福岡気象台の怠慢とばかりとも言えまい
冷房機を稼動させずとも過ごせる
七月半ば午後三時のこの冷え込みは

有難い事ではないか

とはいえ　この時刻23℃で
半袖Tシャツ・短パンでは
八十路(やそじ)半ばのこの身はどうも落ち着かぬ
「空調機を暖房にするか」というと
オレより六つ若いつれは
ツレナクモ
「バカ、体が可笑しいんじゃない？」

オレハ
下履きの上に長ズボン
半袖Tシャツに長袖の綿ジャンパーを羽織って
自室へ逃げ込んだ

窓を開ければ

二階の部屋
東と南の窓をあければ夕刻の
吹き抜ける七月の風が私には
優しい

懐疑と不安にさ迷う川の流れに竿をさし
胸の奥に疼く本音を裏切ることのなかった
過日の情景について
「後悔はしない……」と

静かに思い浮かべている

自らを欺いて
押し流される浮き草に甘んじるならば
もう　私は
なにも書くことも言うこともない
これまでの足跡に泥をあびせ
過ぎ去った八十余年の
時と思いを抹殺することに
なるだけ

酷暑静まる夕べの風はさわやかで
私をゆるしている

柿の実の運命

自宅の庭のひと隅に植えた
柿苗が二十年余り経た今
枝葉は夏の炎暑を遮り
冷んやりと木陰を差す

今年も鈴なりの実をつけ
この秋の味覚に期待を膨らませ
熟れた甘い実を枝ごと柄長鋏で切り取り
お隣さんにもお裾わけできると……

ところが八月半ばから九月にかけ
薄黄色に変色し始めた拳大の柿の実が
ポトリポトリ　と落ち始めた
地面やガレージやテラスの屋根にも
昼間も夜中にも落果する音
拾い集めた落ち柿を笊に盛り

「すこしは落ちるさ」と
高を括っていたが九月の半ばには
すべての枝の柿の実が姿を消した
拾った実をゴミ袋に詰め込んだが
それは一千個にも及び　ずっしりと重く
町内のゴミ置き場へ運ぶには膂力が及ばず
柿の根元をブロックで囲い

径2メートル枠の中にぶちまけたが
数日後　山盛りの捨て柿は茶褐色に腐食し
幾分甘味な臭気を漂わす

一日平均気温が30℃
１８９０年以降二番目の高気温と雨不足
柿だけではない　故郷の山麓の栗や葡萄も
木が身を守るための『生理落果』＊

散歩コースの農家の柿の実も　ポトポト　と
同じ運命を辿っている
終末時計の秒針が動く
音もなく

＊　２０１８年9月15日「西日本新聞」朝刊から。

五月の空に

居間のガラス戸越しに眺める五月の空に
庭の柿の青葉が揺れる

昨年夏は史上稀な酷暑に耐え切れず
鈴なりの熟れかかった実を
一つ残さず振るい落とした
樹木が生き残るための

〈生理落果〉

落ち葉は我が家の庭だけでなく
隣近所にまで飛び散り
師走の或る日頼んだ剪定業者が
伸び放題の枝をすべてばっさり

わが腕大の幾つかに分かれた枝だけの
裸になった姿に
「なんと残酷な……」
もう　この柿の実を食べることも
お隣さんに配ることもないだろう
「永久に」
と　ひとり呟いたが

明けて四月の気温と風が
あの柿の木を呼び覚ましたか
樹皮のところどころに
薄緑の「新芽」がぽつぽつ頭を突き出し
あ、生きていた……と胸がざわめく
小鳥が来てその芽を啄むのでは　と
ハラハラ

五月
その芽はずんずん伸びて
若緑の枝葉が奔放な精気を吐く
初夏の陽光に煽られ
臆面も無く萌え盛る柿の木のいのちの勢いが

枯れ果て　消えかかる私の命に
そこはかとない歓びをもたらす

２０１９年５月

一瞬の赤の消滅

暮れかかった空の下
マイカーが群れ走る片側一車線の県道
その脇に沿った歩道を歩く

その上を跨ぐ国道3号の
暗いガード下を抜けた50メートルの地点に
隣接の団地を繋ぐ市道と県道との
交差点の目の前に立ちはだかる
真っ赤な四つの眼

車道の停止信号灯は上側に大きめ
歩道用にはその下側に小さめ
左右両側の上・下にそれぞれ二個ずつ

踏み切り停止線の手前で佇む
十数台のクルマの後部左右に点る
ブレーキ灯の幾つもの赤の列

真正面の西の空には
今　沈みかかる半欠けの太陽の赤
それは溶鉱炉から引き揚げた鉄板の切片
暮れかかる空の下の赤は同質の赤だ

暗いガード下を通り抜けた途端

視野に跳び込んできたこれら一瞬の赤は
立ち止まった途端に信号は青に変色
車列も尾灯をすべて青に変えて走り去り

その上を覆っていた夕日は今日一日
二つの高気圧が重層*して滾(たぎ)る大気の灼熱で
地上の幾人を炙り殺したか
無言のままに遠い山脈の向こうへ姿を消した

偶然に目視したこの
——一瞬の赤の消滅——
が 齎す不安と不吉

＊　２０１８年・太平洋高気圧とチベット高気圧が重なり日本列島上空を覆う異常高気温（福岡管区気象台）。

うたた寝から醒めて

晩夏の午後　うたた寝から醒め
腰から背中から後ろ首にかけ
焦げ付く熱気を感じて裸になり
鏡の前に立って首をひねり
映る背中を覗き見ると

皺だらけの皮膚が剝がれその下には
しろじろとした薄い肉の上を大小の赤黒い血管が
網の目のように走っていてところどころ

ぷくぷく　膨らんだり萎んだりしている
そこからはみ出した内臓の水分は気化し
ゆらゆらと窓の隙間から逃げていく

肢体は次第に透明になっていく
頸骨から五本が欠けた肋骨から背骨の間から
心臓　一部を切り取られた肺臓や胃　胆嚢を失った肝臓
膵臓　腎臓　脾臓　膀胱　前立腺　大・中・小腸
性器から肛門へと連なって消えていくのが見える

「ああ　消えるのだ……」

瞬間の意識に抗い
残っている骨盤と両足の骨で立ち上がり

その場面から逃走しようとしたら
額が本棚のガラス戸にぶち当たり
罅割れた頭骸から干涸びた脳味噌が転がり出て

過熱して揺れ動く宙空へと
消えていった

とどろき

遠いところから
得体の知れない轟きが沸き起こる
くろぐろとした乱雲が近づく
雷か颶風(ぐふう)・竜巻の嵐が来るか
大地の震えか
核戦争の時が近づいているのか
それとも宇宙・太陽系のビッグバン？

その瞬間からすべての事象

身の回りの景色
人々の声も　空の色さえも

それまで
日々のうつろいに添って
語りかけていたもろもろのものたち
悲しみ
怒り
恐れ
ありもしない歓喜
もろもろの　思いに満たされていた
周りのものたちの語らい

その時からすべての言葉が奪われ

よそよそしくなり視線をそらし
それぞれの身の置き場が見えなくなり
かすかな地鳴りと
とどろき　が

民宿

五年前の春　男兄弟の夫婦連れ六人で
玄界灘を臨む宗像・大島北岸の民宿に泊まった
神湊（こうのみなと）から二十五分の船旅
鄙びた民宿「まなべ」の廊下や
浴室の床を這い回るフナムシも気にならず
皺や禿げや白髪の肉親たちとの
儚い思い出は鮮やかで懐かしいが
その後　兄夫婦と弟はそそくさと他界した

つれ　の白髪頭(しらが)を見ながら
「もう一度行って見るか、二人っきりで」

ふれあいバス*に乗り継ぎ神湊の渡船場へ
大島までの海は穏やかで
あの「まなべ」のお上さんが「軽」でお出迎え
舞台つきの誰も居ない大広間で二人だけの晩餐
漁れたての海胆や活魚　烏賊刺しやなにやかや
ビール一本　コップをカチリ
やおら　たけなわのころ　お上さんが
……オメデトウ　オクサン　喜寿だそうで……
尺余の鯛の尾頭つきの（塩蒸し）を不意の差し入れ
「《オレヨリサキニシヌナヨ》なんて言うんですよ」
と　つれ　は照れくさげ

帰りは民宿のご亭主があの「軽」で
日露戦争当時の砲台跡　灯台　展望台　風車なんか
晩夏の風が吹き渡る玄海に浮かぶ大島を一巡りし桟橋まで
お代は〆て2万円からお釣りがきた

＊　宗像地域内を循環する市営の小型バス。

深くなっていく秋の朝の空

深くなっていく秋の朝
ベッドを降りて雨戸を開け
清冽な光線とともに迫ってくる視界は
宇宙がぼくに投げかける冷徹な未来学だ

隣家の屋根の上から差し込んでくる
光線とともに深々とした
行き着く先の見えない透明なブルーの中に
純白に晒された真綿が　厚く薄く　太く細く　長く短く

東西にたなびく巻雲*の連なり

今この天空に表出されている現象は
人間の意識とは異次元の変容
寸刻たりとも留まることがなく
凝視する一瞬においても
なんと微妙な移り変わりを見せることか

肌に浸み入る冷気の中
雨戸の外の濡れ縁に立っているぼくの全身に
生を受け永い時間をかけて降り積もった
汚濁と疑惑と悔恨にまみれた夢から
瞬時に覚醒させる

深くなっていく秋の朝の空には
一日のぼくの命を繋ぐエネルギーが
張っている

＊　地表から14〜15キロ上空、気温マイナス20℃の対流圏の上部に現れる氷晶した繊維状の雲。

水仙*

森の梢は　そよ　ともせず
ふもとの田の面に連なる麦の芽の列は
近づく春の日に向けて根株を張らせ
幾つもの芽と茎を増やすために
ローラーで踏みつけられており
視界に人影はなく　話し声も聞こえない

この寒々とした光景の中をひとり杖突いて歩く
それは　老いの心細さを持て余し

一日　二、三千歩の歩行を課しているのは
生きていることへの幽かな証しだろうか
現世（うつしよ）にこの歩行者を意識する何ものもない
だが　その姿を嘲笑う傲慢の植物を見た

道端の空き地の枯れ草の中に
一塊の球根が数本の茎を束ね背筋を立ち上げ
凍てつく空間に鋭く濃い緑の葉先を突き揚げている
水仙
その茎の一本一本の頂に真っ白な花弁を抱え
その奥に秘める純粋黄の花冠には
雌蕊とそれを囲む幾つかの雄蕊

枯れ凍える雑草の群れの中に　この

水仙の一株だけが傲然と命の精気を放つ
その「自己愛」の姿に
何故？　ともしれぬ違和感と嫉妬を覚え
隠し持つと言われる内部の毒性への
拒否感を誘う

＊　学名は（narcissus）ナルシサス。

冷たい土の下で道連れに

氷雨の夕暮れ
間もなく浮世におさらばする軀(からだ)がたどる歩みは
よたよたとして　コートを羽織り
フェルトの帽子を頭に載せているので
びしょ濡れにはならずに済むのが幸い
急ごうとして息がきれそうだが
杖を突き転びもせずに足を運ぶ

道端に沿う墓地の　誰のとも知れぬ

墓石の脇の土を杖で穿り僅かな窪みに
身を屈めくぐもると
取り巻く泥壁の中からしろい人間の骨が
ぽろぽろと顔に崩れかかり

嗚呼　あんたはもう長い間
この土の中に潜んでいたのだね
これからはこの私の骨が
あんたと道連れになり何処へとも知れぬ道のりと
暗い湿った時間をともに過ごすことになったのは
何の因縁でしょうか
互いに声も出さずに向き合って
無窮の時を過ごすうちに　あんたとともに
私の骨も周りと同じ湿った土に還っていくでしょう

そして地面に落ちた野草の種は
春が近づき細い根を伸ばし私たちの
消えたいのちの気配を吸い上げみずみずしく発芽し
緑の葉を広げていくとは思えませんか

その時はまた青い空とそよりとした風
ほのめく太陽の温度とひかりを
ともに浴びるかもしれません
ね？

二章——「沸騰する疑念」それは……

孵化後の危機

のっぺりした表皮の内実（なかみ）は
先々代の指導者の精神構造と行動
彼らの狂奔した姿の残像を思えば……

死臭孕む羊水に育まれた胎児の堅い殻はじわじわと軟化し
胎内で蠢くエコー映像の異形の胎児の出産を待ち焦がれ
胸ときめかして凝視（みい）る狂気の眼差しは
これこそが　われらが祈願する
《真の指導者！》と　歓喜の声を挙げるれども

今（日々の営みに多忙な普通の人々）の眼には
《真の指導者》が壇上から繰り出す止めど無い口ぶりに
《否》とも《応》とも判じかね
「しっぽに火がつき逃げ回る狐か狸か?」と　首かしげ

百五十年の時空をなぞりつつ
踏みにじった幾千万の同胞・異邦人の
死屍から立ち昇る呪いの言葉を聞き取る

今（日々の営みに多忙な普通の人々）の眼には
あれ以来七十余年間
仮死を装い生き延びた「悪鬼」の卵が孵化し
再び傲然と立ちあがる

《真の指導者》の醜悪な実相を見つめて
危機と恐怖に背筋を凍らせる
あの【〇〇会議】の呪文が憑依する
あの一群の
狂気と　その言動に

おジイ様、おカア様よ

……オレはこの高価なウイスキーをいくらでも飲めるのだ
世界は　いつも彷徨ってきたのだ
人間の尊厳や命や情けや悲しみなどは
これを飲んでいればいつの間にか吹っ飛んでしまう……

嗚呼　オレはおカア様に仕込まれた
《貴方は周りの者とは「血筋と格」が違う　生まれが違う……》と
オレのおジイ様のことを
《誰がなんと言おうとこの国を動かしてきた

それだけエライエライ指導者だったのだ
その血と遺伝子をお前は受け継いでいる
それだけの「格」が備わっているのですよ
シッカリと覚えておきなさい
おジイ様を超える狡猾・強引・独善
厚顔・尊大な指導者になるのだ》　と

おジイ様の娘のオレのおカア様のあの声が
いつもいつもこの耳の底で唸り反響しているのだ
ああ　オレにはその声色が今や神聖な呪文となって
全身に響き渡り　その言霊（ことだま）通りにオレは動いているのだ
だって周りの奴らはオレに倣ってオレの言う通り動いてくれる
議員だって閣僚だって役人だって
世間では「忖度」「忖度」と囃し立てるがオレに罪はない

おジイ様
この高価なウイスキーは呑み込んでもいいんだよね
おカア様よ
オレはこれでいいんだよね　ね

殺意

その兆候はむしろ人々の瞳孔の迷いに見られた
……あれは嘘だ……（理に適わぬ）と解ってはいるのだが
おおぴらには口に出せない
あの党・会派を覆う禍々しいガス体の横溢
重苦しくて息も出来ない圧力

【己の今の地位を維持するには
その軸をなす虚像を崇めておく他はない】

《〇〇会議》の
禍々しいガス体に包まれる者たちが唄い流す頌歌（ほめうた）
【隠れ蓑の下で戦犯を免れた祖父の娘＝オレの母親の
　祈りを具現する唯一人のミッション！】
口には出さぬが　あの男の意思は
「国体」の護持と覇権を企む呪文で一段と凝固し
《国民の皆様に寄り添い　シッカリと　総合的に……》
常套的フレーズを裏返す強権政治の虚言になびく
取り巻きの面々は尻尾フリフリのオポチュニスト

　儲けと権力　世界の「ファースト」を目指す
赤毛の男は海原の向こうの大陸から睨みを効かす

出口を塞がれるタミクサは
貧困　格差　放射能　異常気象と
世間を支配するおぞましい毒気に
「殺意」を感じ取り　身震いしている

敬礼するのだ！　君たち

生涯の目標として母が与えた最高・最大の使命
「9条」を骨抜きにし　あの戦争をする国の
最大最高の権力と地位と財貨を握るために

人間の歴史は殺し合い奪い合いの連なりだ
その戦争をやらせるために君たちを
七十年かけて殺人集団「軍隊」として育ててきたのだ
現実の作業は　これから未来志向の
「A・I」「G・P・S」「ミサイル」「ドローン」

などによるロボットが殺人を実行し
《ひと殺し》の露な惨状を目視せず
人間としての罪の意識は剝離されていく

君たちは　今　なんと可哀そうではないか
それはわが国最高法規の憲法9条が
「戦争放棄・戦力及び交戦権を否認」し
《軍隊》の存在を否定しているからだ
心に矛盾を抱え肩身が狭いだろう

そうだ　私がシッカリとその身分を
立派な国家公務員としてこの国の世間に保障し
凛々しい制服を着て街や村を誇りに満ちた顔で
堂々と歩けるようにしてあげるのだ

この思いを十分に汲み取り　この私の名を
日本の歴史に刻み　偉大な男としての偉業を
各自の胸に刻み込んで欲しいのだ
そうだ　私を歴史上の偉人として尊崇の眼をもって
敬礼するのだ！　君たち

湖面に映る顔

湖面に映る
自らの美貌に酔い痴れる男
その胸に凝固する
自己愛は
祖父の娘が伝える妖気の塊だ

実のところその美貌は
摸造の仮面に過ぎないのだが
彼はその仮面のままに世間を欺き

内面の真実を放擲したままの
妖気に操られる
我執の走狗となり
闇夜の暴走は
果てることもなく続き

或る日
ふと立ち止まり

森の奥深く隠された湖の
澄み渡る水面を覗き込むと
そこには
老廃糜爛する自らの
醜悪な相貌を見つけた

彼の周りや後ろには
誰もいなかった

年号　または元号

「平成」から「令和」へ……

折につけて書かされる
病院受付での問診表　市役所に提出する書類
銀行や郵便局　業者との契約書や領収書
手紙やはがきなどの日付
他人の誕生日ともなれば
「明治」「大正」「昭和」「平成」そして「レイワ」

誕生日を元号で答えられ
「今　お幾つ?」と訊くわけにはいかぬ
元号を二つも跨げば足し算引き算でまごまご
まことに恥ずかしく、申し訳なくて

カレンダー見るたび
これ元号?　西暦?

今年から「レイワ」の時代と言われれば
その音韻から受ける感じは必ずしも悪くない
「レイ」は勿論「礼節のレイ」「謝礼のレイ」
文字は昔の漢字で《示す偏に豊》
あの「禮」が　良いかもと　思ったら

なんと
「命令」「号令」「勅令」「召集令」
あの押し付ける時の「令」
レイワの「新時代」に向けてこの国は
どんな時代　どんな社会を描く？

罅割れ

似非の権威に罅が走る

一世紀半も前から取り込んできた
文明開化の仮衣(かりぎぬ)を纏う猿真似文明
実のところ富と権力の亡者たちが
「国体」*を旗印として
われらの祖先の血脈に連なる
百姓町人や食いはぐれを囲い込み

「見るな」「聞くな」「言うな」

三猿の檻に閉じ込め贋夢をあてがい
吸いも吐きも儘ならぬ態に囲い込んだ
郷土の列島人を
異国の土地での強奪人殺しに狩り出し
故郷の町や村を瓦礫の荒野に晒した

いきものの必然と願望は
神話に名を借りた騙しの皮膜を突き破り
偽りの器から脱出しようと
怒りの血肉を充満させる

奇形の思念が乱舞する男の

頭骸骨が罅割れ背骨に亀裂が走り
神経・思考回路は切断
肛門が裂け　性器はふやけ
腹部の腫れ物から膿を垂らし
系累のニッポン的ナルティシズムに
凝固する男は既に丸裸だ
壇上からまくしたてるあの男の
答弁をこしらえたのは
秘書か?
それともA・I　か?
唇はまるで録音テープのように
同じフレーズを並べるだけ

「マサニ」「テイネイニ」「シッカリト」

「真摯に」「不可逆的に」「総合的に」
「心を寄せて」「加速」してまいります
なんて　繰り返している
鸚鵡じゃあるまし

＊　国体＝「万世一系の天皇君臨せられ、統治権を総攬せらるることをもってわが国体とす」（大日本帝国憲法）。

A大臣に問う

「新聞販売店の人には悪いけど
拡張員さんには協力しないほうがいい
新聞を読む人はわが党に投票しない」

国家の財布と役人たちを牛耳るあの男
時々フット本音を漏らし後で恥かしげもなく取り繕う

TV、PC、スマホなどが流す情報は
世相の上っ面をサラット撫でツイートし

その奥にある事実や真実、裏側の蠢きにも
たまにはチラリと眼をやるが筋の通る論評はなし

このところ　電車やバスの椅子に腰掛け　掌(てのひら)を覗き込み
耳にイヤホーンをつけ指先を動かしよそ見もしない
本や新聞をを読む人は殆どない
ハンドル握る片手でスマホを覗く

スマホどころかテレビも見ないオレサマ
偉そうなことは言えないが新聞だけは三紙
時間をかけて読む
気になる記事は何度も読み切り抜き書き抜きもやる
書き手や編集者の本気度に思いを馳せ
世相の奥の流れに心の視線を注ぐ

後期高齢の暇人「オレ」よ
化石人間だからか？　……それとも
紙媒体はなくなるのか？

三章――やむにやまれぬ

やむにやまれぬ

詩ごころとカネごころを
ゴッチャにするところに
大いなるバカバカしさがある

詩ごころと権威や驕りを
同居させるところに
喩えようもないナンセンスがある

詩ごころは

何ものにも惑わされない
何ものをも恐れない
何ものをも期待しない

夜道を歩く孤独の人の胸奥から
燃え上がり　よじれ　滲み出る
やむにやまれぬ想いを

生々しく厳しい言葉に
結晶させること

やむにやまれぬ

たたかいの庭

皆　み～んな
それぞれの
たたかいの庭を持っている
持って生まれた私だけの
あなたただけの
たたかいの庭を持っている

それは
死ぬほうがいい

と　思うほどの苦しみと
死んでもいい
と　思うほどの歓びを
ひとり味わう
庭

この庭はあなたや私にとって
生れて来たことの徴(しるし)を残す
ただひとつの庭

ぬかるんでいるほど
確かな足跡を残す

たたかいは

足跡の確かさで
その悲しみと感興を
人々に示す

命じてくれよ

モチーフだけでもいい
脳裏に囁いてくれ　それだけで嬉しい

この身をよじり悶えながらも生み出せない
「やむにやまれぬ」ことばを
無理やりに吐き出そうと焦るばかり
心は寒々として肉体も凍りそうだ

幾たび観たか《マディソン郡の橋*》

あの二人の生涯でただ一度の全霊のたゆたい
　溢れる血液の脈動

若い日
病に倒れ断崖を背にして
長く　臥せっていた　その時　突然現れた女
高校時代　ともにビラを貼って回った
あの時のおかっぱだった少女の
まっすぐな視線を受け留める僕の命は
すでに萎え　心は死んでいた
その後　六十余年を永らえた僕の命の時間は
もう尽き果てようとしている

今は一瞬の炎を燃やす情熱の詞（ことば）

その時のためのことばを
詩で
ごうごうと鳴る窓の外の春の嵐よ
僕に新しい血を通わせる詩を
命じてくれないか

＊　１９９５年公開のクリント・イーストウッド監督・主演のアメリカ映画。

〈本音〉と〈真実〉と〈客観〉と

「それは違う！」と周りに
ざわめきが沸きあがる

どこが　どう違う？
〈価値観は無数〉とは言うものの
発語した瞬間の思惟と感情が〈本音〉であれば
それは己にとっての
〈真実〉としか言いようがない

仮に
自らの〈本音〉に対して誠実ではなかった
と　するなら自己欺瞞

翻（ひるがえ）したとすれば
自己防衛のための打算
言い逃れに過ぎない

瞬間の発語はやはり
〈真実〉だと思いたい

それが例えば誰かの脳裏に
人類の未来を想像させ得る何かがあれば
だれがなんと言おうとも

宇宙の遠くから囁く声が聞こえる

〈真実〉は　永遠の時間の流れの

闇の中に潜んでいる……

裸になって

納得できないあのことを
なにをいまさらくよくよと
放り出されたこの世間
手足ばたばたやってれば
なんとかなるさこの阿呆

痛い報いの時が来る
そのとき慌てて喚いても
そこで阿呆は「空（くう）」になる

乾いたお空の片隅へ
綿毛のように飛ばされて
形も影もありゃしない

たとえお空に消されても
思いは消えない迷(まよ)い子は
いくとこなけりゃ天の川
泳いで渡って織姫の
むねに抱かれて泣きじゃくり
お乳にすがって吸いましょう
姫の命のある限り
みんなみーーんな吸い取って
またまたこの世に生れましょう

そのときまたまたあの場面
納得できなかったあの悔いを
腹かっ斬っておっぴろげ
ウムと呻いて声あげて
びりりと破って跳び出そう
裸になって跳び出そう

鵼(ぬえ)*の夜

ボトルの底にわずかに残っていた琥珀の液体を
口移しで喉の奥に流し込み独り床板(ゆかいた)に寝転がり
詩人・某が書いた実業家詩人「辻井喬」の
視座《詩座》についての論評を
酔眼でなぞりながら刻の流れに身を任せている

吹き抜けるおぞましい寒風の中
地球の裏側の恵まれない人たちに
薬や食べ物を送りましょう

殺し合いは何時でも何処かで
化石燃料や核の驕りに
貴方や私たちは消滅する必然
がんは前触れもなくその血脈に宿り
命を絶たれても不思議ではない
頭のいい高級官僚たちは
頭の悪い子どもたちの青年期を
人殺し集団に

それでも化石燃料や核で温かな
酷寒の空の下のマイハウス・マイルーム
怒りと嘘に纏わりつかれ
行動と真意はちがうと自らに言いきかせ

鵺の命を繋ぎ続ける今夜も目を瞑る
夢うつつの中で腹や背中をかきむしり
滲み出る体液の
色は？　その臭いは？

＊　正体不明の存在。

愛しのエイリアン

この肉体のどこかに
あいつが生きている
今にも喉や胸を突き破って
飛び出してきそうな勢いだ

体内に奇異の液汁が充満し
いつ　なんどきこのわたしの全身が
怪奇の相貌に変身するか
それが不安だ

だが
今は奴を胸に押し込め
仮面を被りとおさなければならない
そのときが来れば思いっきり本性を露出（あらわ）し
暴れまわらせてやる

魔性よ
それまでは遠慮していてくれ

この肉体は間もなく滅ぶのだ
そのときが来るまでは

ああ　愛しのエイリアン

空を飛べません

鳥です

けれども空を飛べません
鳥は羽を上下・左右・斜めに動かし
空気を叩き　押しやり　地上を離れ
風に乗り　また逆らい
空中をしなやかに自由に飛べるはず
なのに空を飛べないのです

《空を飛べない鳥なんているものか》

と　言われそうですが　本当なのです
実は　鳥の中にも
空を飛べない鳥がいることを知っています
オウム　ペリカン　アヒル　ペンギン
ダチョウ　クジャク
世界中には空を自由にを飛べない多くの鳥が
ほかにもいるでしょう

それにしても　それらは
空を飛ぶあの鳥類に間違いありません
だから　飛べないはずがない……と
いつも夢のなかでも思いつめています

けれどもその一方では

＝自分は飛べない＝
＝そんな願いが叶えられるわけがない＝
と　何故かそう信じている鳥がいるのです
そうです
鶏です

狭苦しいケージの中で御仕着せの餌を食わされ
雌鶏（めんどり）は卵を産みそして殺されて食べられるだけの
人間に飼われている　あのニワトリ

賢い脳味噌のないこの頭で考えると
人間の中にもそんな生き物がいるのでは？
わたくしもその種の《ひとつ》
かもしれません

欺瞞の転落

奴は　死んだと思われた

死にたくない
死にたくない
死にたくない

と　三度わめいて
結局死ねなかった

それからは
生き残りのための仮面を探して
毎夜
一人さ迷い歩きとおして
顔の無い男になった

それから
いつもあの街角に
やつの影（陰）が立っていた

あの日から……

都心の古巣が消えた

ふいの出頭依頼で
この街の都心の交差点の一角を占める
最も高くデカい白いオフィスビルに赴く

その前にふとその隣を見ると
そこにあった二十数年前の職場の
事務所が入居していたビルが消えていた
その敷地はスッポンポンでそこからは
向こう側にある家電量販店ビルの看板が

マル見えだ

そういえばあの時期
今は消えたビル九階の古巣
あの事務所の壁にはところどころ
稲妻のような亀裂が走っていた
思い起こせばあの時期多忙だった事務所は
数年前にそこから歩いて10分ほどの
小さなビルに引っ越している

あの疲れたビルは戦後の
バラック商店街の跡地にいち早く現れた
この街の現代化を示すオフィスビルだったが
七十年の齢には耐え切れず

静かな最後だったのだろう

退職直後はたまにあのビルの古巣に立ち寄り
雑談したりトイレを借りたりしたことも……
今は　思い出を消されたような虚しさだ
あの跡になにが出来るか知らないが

そういえば今日赴いた
戦後はこの街では最も高くデカかった
都心の交差点に面する白いビルや隣接ビルも壊されて
一帯が再び都心の大型再開発へ……との
記事を読んだ

半円と直径

雨が止んで散歩に出かける
コースの中ほどの曲がり角にある
防火用貯水槽の蓋に腰掛けてひと休み

降らないと思っていた雨が降ってきた
いつもは　これから丸くカーブする
田んぼの中の草道を歩くのだが
円の直径に等しい県道脇の歩道を歩けば
家までの距離と時間の短縮はどれほどか

何しろ後ろの方から本降りの雨脚が迫る

半円の直線距離は約４００メートル
半円周を歩けば６２８メートル
直線での歩行距離は２２８メートル減る
——こんな計算*に間違いないか——

そんな下らぬことを妄想しながら
杖ついて転ばぬようにヨタヨタ歩く
雨はどしゃ降り　車道の車の飛沫(しぶき)を浴びる
帽子から雫　半そでシャツもパンツも
肌にベッタリ

向こうから走ってきた赤い車が

ブレーキをかけて窓ガラスを下ろし
若い女性が「まあー」と　眉をひそめる
僕は「直ぐそこだから」と言って
スタコラ歩き

家に着き　杖を放り出し
脱ぎ捨てた衣服を洗濯機に放り込む
温水シャワーを頭から10分も浴び続け
ツレも見つめて「まあー」と言う

その夜
発熱38度のおまけが付いた

＊　円周の長さ（l）＝直径×円周率（2πr）。

ぞくぞくする

京都・高台寺では
尼僧を装うアンドロイドが[*1]
「わたしは観自在菩薩」と名乗り
訪れる善男善女へ
般若心経の教えを説いているそうだ

固有の肉体と精神を具有する現代人は今
「ＡＩ」とアルゴリズムとテクノロジーにまる乗りし
世界空間を徘徊する無機質な言語と数値の情報を

姿の見えない権力と財の権化となった特定人の
欲望に沿って束ねられ

文化と倫理の価値意識の枠をはずして操作され
仮想通貨を流通させ　違法の株価操作　脱税
ボタン戦争や強奪さえも思いのまま
ついには「ＡＩ」とロボットに職場を奪われ
血が通わぬロジックと文脈を組み立て
非在の芸術・文学を語り　創作し
《おお！　なんと斬新な　！　！》
侵略と大量殺人もボタン一つで
そのうちに
人類を破滅の罠に導く時代が来るか……

「文明ゆえに人類滅亡の可能性があり、
それを避けるために何を……」[*2]
と　苦悩する天文学者がいたそうだ

昨日までの寒々とした梅雨空が
今日は快晴の七月　といえば
真夏の熱波が貫く青空の空間を
そんな不可知の情報が無際限に飛び交う

ふと　不安に襲われる　遅れて来た男の
背筋が寒気で
ぞくぞくする

＊1　人間の姿をしたロボット。

＊2　朝日新聞２０１９・７・20付け掲載―米天文学者カール・セーガン（１９３４～１９９６）のＴＶ番組「コスモス」を論じる上里達博（「文理融合」の好奇心）から。

一瞬の罠

突然　画面全域は悪ガキの殴り描きに変貌し
ブリキ板の切れ端とガラスの破片をかき雑ぜる
ガチャガチャ音の隙間から漏れる女の金切り声

……今すぐ画面に映る番号に電話を！
逆らうと　貴方のＰ・Ｃはウイルスに殺される！
問題解決のためには必ず……

繰り返すヒステリックなメッセージに

世界が核戦争に直面し逃げ場も暇もない恐怖に
俺の脳味噌が硬直し　震える指で画面の
十数桁の数字を自分の電話に打ち込んだオレは
まるで宙を舞う悪魔に操られる骸骨人形だ

電話に出たのは　野太くたどたどしい日本語の男の声
「マイクロソフトの系列の者」と名乗るそいつは
……クレジットカードの番号を入力しろ！……

疑うゆとりも持てないままに
預金通帳の表紙の番号を入力したが
狙いは「電子決済カードの番号」のようだ
今　俺は詞《ことば》捜しに彷徨う半ボケ老人
挿入しているＵＳＢメモリーの

《一年半かけて飼育中の詞の幼虫や蛹(さなぎ)たちが死ぬ》

無知の不安に混乱しつつもその直後
金融機関へ残高確認と払い出し停止を通知
翌朝、当該通帳全てを更新する

「ｐａｙ」「ｐａｙ」
「電子決済カード」
「マイナンバーカード」なんか信用できない

俺の脳味噌は化石化したか
文明の跳び撥ねに手もなく惑わされる
この空しさ

八十路（やそじ）の朝はフューネラル

催眠剤の効力が途絶え
膀胱の圧力に目を覚ます
午前三時にトイレに起きて
床に横臥し枕灯つけて
贈呈詩集に目をやるが
それから数回排尿し
夢かうつつで朝が来る

起き上がり

ベッドの布団を押しのけて
平らな敷き布に上向きに寝る
足腰曲げ伸ばしの腰痛体操
起きて肩、首、顎、口、舌を動かして
誤嚥予防のパタカラ、パピプペポ
医療絵図を倣って20分

こうして始まる八十路の朝は
何時まで続くこの暮らしのリズム
脳裏に映るスクリーンに
夜毎出てくる死者の影
今亡き父母（ちちはは）　肉親　友人たちの
声が無い
かお　顔　かお

背筋を流れるメロディーは
オールド・ブラックジョーと
フューネラル・マーチ*

* 葬送行進曲。

エッセイ……「あとがき」に代えて

去る九月三日、満八十五歳の誕生日が過ぎてひと月が経つ。

この齢まで生きた自分の「来し方」について、改めて思い致すことがいかに多いか。

十歳代のはじめに、祖母の臨終を家族とともに見詰めているとき、隣家に住む叔父が、「ばば様は、オレの名を大声で呼んだ」、と叫んだが、私は祖母の死に際で「そんな声を聞いてはいない」と呟いたことをふと思い出す。私は自分の臨終に際して仮に「人の名を呼ぶとすれば、誰の名を呼ぶのだろう」、などと他愛も無いことを考えたりもする。

とはいえ、自分より先に逝った多くの人々。両親はじめ兄弟や、血縁者、または自分の幼児期、少年期、青年期、中年期、そして高齢期の今までの、友人・知人たちの顔や姿が、独り野道を歩いている時の脳裏に、または、夜の夢の中に無言で往き来する。そして、彼ら、彼女らが私に語りかける声を聞くことは全く無いが、しかし、それらは私に向かい、「まだ、そちらでうろうろしているの?」と問いかけられている気配を感じながら、「自分の死を覚悟するのが遅すぎる」と自問するばかりだ。

「死」を覚悟する、と言うことはどう言う事なのだろう、と考えながらもその回答は何一つ思い浮かぶことは無い。ただ、その刻が来るのを待つ他はない。

その限りにおいては、やはりその時々の心境に添った「生き態度（ざま）」を晒すばかりだ。

振り返れば、私は「例え死んでも、何の不思議も無い」と思われる幾つかの病に罹り、その度に父母や家族や兄弟たち、または多くの医療機関や医師たちの精一杯の治療・看病のおかげで生き延び、そして、その後も私が生きるための職業や暮らしに係わった人々の、誠実な思いやりの中で、生き延びてきたのだ。

今、これらの総ての人々の恩恵を感受しつつも、私はさらにこれからも生き続けてもよいのだろうかと、自問の呟きが背筋の奥に蹲っていて、それを抱えながら生きている。

まだ時間が許されているとすれば、やはり精一杯生きる営みを続けていくだろう。

詩を書けるとすれば、書き続けるかもしれない。

九月中旬、百名ほど集まった町内の高齢者が参加する「敬老会」に数年ぶりに参加した。

そして、ふと思いつき、七十九歳の妻と並んで「瀬戸の花嫁」を、カラオケのマイクの前で二重唱した。若いころに唄ったメロディーだが、私の声は殆ど掠れていた。

拍手は聞こえなかったが、後で隣席の初対面の老人が「よかったよ」と言ってくれた。

二〇一九年一〇月三日

おだ じろう

著者略歴

おだ じろう

1934年　福岡県生まれ

既刊詩集

『流域』　1986年（詩人会議出版）
『愚者の踊り』　1996年（葦書房）
『閉ざされた季節』　1997年（葦書房）
『宗像から』　1999年（アピアランス工房）
『夜の散歩道』　2001年（私家版）
『水辺の記憶』　2004年（私家版）
『増補改定　水辺の記憶』　2005年（知加書房）
『ほろぼさないで』　2007年（アピアランス工房）
『かわたれ星』　2009年（アピアランス工房）
『径』　2011年（鉱脈社）：【福岡市文学賞】
『UNERU（うねる）』　2013年（石風社）
『沈黙』　2015年（鉱脈社）
『おだじろう全詩集　Fall & Rise（倒れる、起き上がる）』　2016年（土曜美術社出版販売）
『落日の思念』　2017年（鉱脈社）：【福岡県詩人賞】

現住所　〒811―3415　福岡県宗像市朝野45―1　（田中 方）

詩集　束（たば）ねられない

発　行　二〇一九年十二月二十五日
著　者　おだ じろう
装　丁　直井和夫
発行者　高木祐子
発行所　土曜美術社出版販売
〒162-0813　東京都新宿区東五軒町三―一〇
電　話　〇三―五二二九―〇七三〇
FAX　〇三―五二二九―〇七三二
振　替　〇〇一六〇―九―七五六九〇九
印刷・製本　モリモト印刷
ISBN978-4-8120-2554-3　C0092